私の歩いてきた道

上原浩子

文芸社

目次

第一章　私の歩いてきた道

私の家族

私は昭和十六年六月十九日生まれです。いつの間にか八十歳を迎えました。想い出一杯の一生懸命な人生でした。

第二次世界大戦が始まり、私の父が戦争にいってしまったので、母は東京で生まれた娘三人（四歳、二歳、〇歳）を連れて、故郷である唐津の小さな漁村へ疎開しました。

母の実家は家と畑がありました。母の曽祖父は代々続く漁船を造る造船所を営んでいましたが息子（母の父）が三十九歳で亡くなったため、自分の弟達に造船所を譲って、そのまま続いていました。浜辺に船を見にいったら、木のにおいがして、ずっと見ていたいくらいすてきでした。私は造船所の作業員の人達から、「本家の浩子さん」（作業員はほとんどが親戚の人のようでした）と呼ばれて、親しくしてもらっていました。しかし、私が高校生になった頃、時代の流れというのか、造船所はやめてしまったようです。

疎開して間もなく終戦となり、半年後くらいに、出征していた父は上海から福岡を経て唐津に帰ってきました。大きなリュックサックを背負い帽子をかぶり、玄関で「こんにちは」か「ただいま」かは、はっきりしなかったけれど、声をかけました。母がすぐに迎えに出て、座敷に通された父は、そこでリュックを下ろしました。妹達はよそよそしくしながらもリュックの周りに集まり、父が次に何を言いだすのか、珍しそうに見ていました。

この地は海のそばで気候もよく、食物は豊富でしたので、やせっぽっちの父は、看護婦だった母の手厚いお世話で、体調がどんどんよくなりました。

父が復員して一年経った頃、駅の近くの一戸建ての町営住宅に引っ越しました。通勤圏内の福岡市にM電気の支社ができ、長野の小諸商業学校出身で、そろばんが上手だった父は、M電気に就職をすることができました。その後、五十歳頃に関東へ転勤し、六十五歳頃まで仕事を続けることができました。


母はミシンで皆の服を縫い、機械編みでセーター、カーディガン、ベストなどを編む内職をしていて、長女の私は母の手伝いをすることが多かったです。

また、母は婦人会の役員をしており、家で読書会を行っていたので、「婦人の友」など、少しですが本が並んでいました。関東へ引っ越した後も、唐津に帰ってくると皆集まってくださるので、とてもうれしそうだったようです。

母が十歳の時に、母の父（私の祖父）は三十九歳で亡くなりました。母の祖父が甥を長崎大学の医師にさせていたので、その関係で母は唐津の女学校を卒業してから、長崎大学附属病院の看護学校へいったようです。

母は看護学校を卒業してから長崎医科大学（現・長崎大学）に勤め、学長の外来の手伝いをしていましたが、祖母（母の母）が結核となり、この病院に入院していました。祖母の弟が中央大学に進み、卒業後も東京に住んでいたため、祖母は東京大学病院への転院を希望し、母も妹二人と弟と共に東京へ出ることになりました。母達は小石川で一緒に住み、仕事も東京大学病院に転職したようです。

母は東京で父と結婚し、昭和十六年六月に私、昭和十七年十二月に上の妹が生まれていました。祖母は昭和十八年に亡くなりました。下の妹を出産する時は、私と上の妹は祖母の弟のところに預けられ、昭和十九年一月に妹が生まれました。

その後、戦況が激しくなると、母、私、妹二人は、父の郷里の長野へ移って夏を過ごしていましたが、冬に向かって寒さが厳しくなり、九州の唐津へ疎開することになったようです。

長崎の病院で働いていた頃については、学長は誰に対しても同じにやさしい方だったと、母は話していました。学長は外来診療中に被爆し、その時の負傷により亡くなりましたが、母の同級生だった師長さんはエレベーターの陰で助かったそうです。後年、学長の胸像ができた時には、母はそれを見に出かけて行ったのを憶えています。

長崎はクリスチャンが多いところのせいか、先生方も患者さんも心が優しい人が多く、よい思い出もたくさんあったようです。

母の妹二人は、戦時中子供を産んでから若くして亡くなったので、母はさびしそうで、私達姉妹には仲良くしてほしいと願っていました。

その願い通り、私達姉妹三人は、尾瀬やヨーロッパ二十日間など、楽しい旅をすることができました。イギリスではエリザベス女王のお姿を遠くから見たり、バッキンガム宮殿の衛兵を見たり、シェークスピアの生家や劇場にも行きました。

佐賀県立唐津東高等学校に入学

月日が経ち、私は高校生になりました。私が入学した県立唐津東高等学校への通学は電車で虹の松原沿いを二駅。中学校の同級生で、他校へ行った友達とも、その区間で顔を合わせることができ、楽しい通学でした。

新学制により昭和二十四年から共学になっていましたが（当時の名称は県立唐津高等学校）、私が四回生になる時には、三百五十名の中に女子が百名くらいになりました。

体育の授業では、三名から六名のグループになって創作ダンスを行っていました。現在では、やっと中学校体育でダンスが必修となりましたが、当時の唐津東高校は進んでいたのですね。

新制度になって初めての女子のみの修学旅行がありました。女性は旅行に行く機会が少ないだろうから、との気づかいらしいと聞きました。

旅行の見学先は、女子が憧れる宝塚歌劇《かげき》、奈良公園、春日大社、東大寺正倉院、京都清水寺、二条城、知恩院《ちおんいん》（浄土宗）、比叡山《ひえいざん》延暦寺根本中堂などでした。

みんなずらっと並んで、大きな記念写真を数枚撮りました。組が違っていた女子生徒とも、とても仲良くなりました。

楽しい高校生生活でしたが、母からお小言をもらうこともありました。「若い人の心は大人にはわからないのでないか」と口答えした時、母に「十八歳の時の気持ちと、今も変わらない」と言われて、「そうなのか」と理解しました。

母のことは尊敬していました。言葉遣いから考え方、行動も、看護婦はすばらしいと思いました。

国立筑紫病院附属高等看護学院に入学

私は母の背中を追うように、看護婦を目指し、国立筑紫病院附属高等看護学院へと進みました。戦時中、陸軍病院としてつくられ、現在は九州がんセンターとなっています。

木造で、大きな広い板の廊下が続いており、少し高台にある看護学院からは広い病院全体が見渡せて、その中に寮もありました。

寮生は一年生から三年生まで約百二十名いました。舎監《しゃかん》の福井先輩のもと、朝礼ではナイチンゲール誓詞を唱えることから始まりました。

看護学院でのスケジュールは、実習も含めて一日中ぎっしりありました。病院の看護婦さんはほとんど看護学院の卒業生でしたので、後輩の学生のことをやさしく厳しく育てて下さいました。

体育ではバレリーナのかわいい先生から社交ダンスの基礎ステップを教わり、音楽の授業のコーラスでは、私は声の質からアルトとなりました。

三年生の夏休みに修学旅行を行うことを希望し、一年次から積み立てをして北海道旅行へ行きました。帰りは厚生省を訪問し、お礼のあいさつをして解散しました。

東京での解散後の三日間、私が三歳頃に少しいたことのある母の叔父さん（祖母の弟）のところで過ごしました。私のすぐ下の妹も東京にいたので後楽園ゆうえんちで遊びました。せっかくなので東京から京都への夜行列車に乗り、永平寺はじめ出雲大社、島根城、鳥取砂丘、山口萩と途中下車をしながら旅行しました。

唐津に帰ってバスで行かれる長崎の平戸島へ。平戸の教会堂は大きく珍しかったです。そして九十九島が見えるという大橋を渡って虹の松原のそばの家に帰りました。

久しぶりの家でゆっくりできました。

私の実家の唐津は、福岡市の天神よりバスで一時間弱くらいです。唐津湾のそばの虹の松原を見下ろす、伝説の多い領巾振山《ひれふりやま》や玉島川、そして唐津東高校の真上には唐津城があり、昔から城内といわれていて、とても静かな良い街です。海岸から高島が見えます。今、高島は、宝くじの神社として観光名所になっていて、ドライバーの方から、千葉の人が宝くじを買いに行ったと聞いてびっくりしています。でも、なんだかうれしくなりました。

唐津市の名物といえば唐津焼で、佐賀県の有田焼と共に有名です。また、唐津城の舞鶴公園の藤の花は樹齢百年を超え、市の天然記念物に指定されていて、私もよく見に行っていました。

春休み、夏休み、冬休みと、唐津に帰るのが楽しみでした。

看護学校は三年間寮生活で過ごしましたが、一年の時は大部屋に八人、二年生の時は三人部屋、三年生の時は二人部屋でした。テレビ室があり、当時はアメリカのドクターの物語とか看護婦物語が毎週放映されていて、午後九時まで皆で静かに見ていました。その中でもしっかり勉強する人もいて、九州大学からいらしている講師の先生が、医学生より看護学生のほうが成績がよかった、などとおっしゃっていました。

国内はオリンピックで沸き、病院も統合などで新時代の大きな病院が誕生していました。私の通っていた国立筑紫病院附属高等看護学院も、入学後、病院名・学校名ともに変わり、卒業時は国立福岡中央病院附属看護学校という名称でした。高瀬総婦長さんは私達が卒業する頃、国立東京第一病院へ転勤されて、十年後くらいにナイチンゲール賞を受賞なさいました。

三年生の十二月に父が関東に転勤となり家族は東京に引っ越したので、私も東京で就職することにしていました。のちに横浜に自宅を建てて、住むことになりました。

慶應大学病院に就職

最初に勤務したのは、慶應大学病院です。大学の先生方も看護婦さんも親しみが持てる方達で、夏は多摩川の花火大会に、会場近くにお住まいの先生のお宅に招待を受け、ごちそうになりました。冬はバスを貸し切りにして、病棟のスタッフでスキー場へ行きました。半数の人は日帰りでしたが。

東京オリンピックの前年、プレオリンピックの開会式で、婦長さんのかわりに救護として出席し、鳩が飛ばされる場面に出会えました。

また六大学野球の決勝が早慶戦で、慶応大が優勝し大騒ぎでした。信濃町駅近くの新宿御苑《ぎょえん》や神宮外苑のそばを、よくひとりで散歩しました。皇太子と美智子妃殿下を乗せた黒い車が私の前で停まり、後ずさりすると、両殿下が車の中から私に手を振ってくださいました。うれしかったです。まさかでしたね。

私が配属された内科病棟は勉強会の開催など前向きに取り組んでいました。この病棟は結核病棟から内科に変わって半年くらいの新しい病棟で、看護、その他の職員が少しずつ増えていったため、皆協力し合ってやっていたので、このような良い状況ができたのだと思います。

ところが、私の母の体調が夜になると脈が１２０くらいになり、心配した父に家に帰って来てほしいと頼まれたため、私は慶應大学病院を二年弱で辞めることにしました。

幸い母は三か月くらい通院して治りました。引っ越しが続いたことに更年期障害も加わっての不調だったようだったので安心しました。

病院を辞めた私は、保健婦になるという新たな目的を持っていました。各県で一校くらいしかない専門学校へいくための費用が必要なので、まずは就職先を探しました。

母の体のこともあるので、実家から通える職場を探していたところ、横浜ゴムの診療所が新橋にあり、戸塚からだと通勤が便利なのでそこに決めました。

三年半勤め、千葉県の保健婦専門学院に合格したので退社しました。

千葉県立保健婦専門学院に入学

千葉市にある千葉県千葉中央保健所と千葉県立衛生研究所に挟まれた一棟の二階が保健婦専門学院でした。

私達の学年は寮生が多く、幕張にある近代的な新しい寮から駅まで徒歩で十五分、駅から電車で五駅の千葉駅で降り、そこから十五分の通学路でした。

寮の二階から庭を見ると池があって、新潟地震の時、池の水がすごい揺れ方をしたのを、みんなで見ていたのを思い出しました。

市町村実習は二名で東庄町へ行きました。その頃は布団袋に布団と必要なものを入れて、出発駅から目的駅まで送ってもらい、町の人に宿泊所になっていた公民館へ荷物を届けてもらいました。

公民館の隣に神社があり、そこで行われる結婚式を見ることができました。

実習先の保健婦さんは、秋田から来た有名なベテランの人だったので、活躍《かつやく》なさっている話を聞き、とても参考になり感心しました。そのほか、近くにある施設の見学をしたり、家庭の訪問をしたりしました。

夜は公民館の中の広場でなわとびをしました。


また自由時間として夕方は時間が空いていたので、千葉の公民館でスクエアダンスをしていました。フォークダンスの一つです。男女四組の八人で輪を作り、コーラー（動きを指示する人）の指示で動くものです。しっかりスポーツでした。

三笠宮夫妻がなさっていて、東京大会にいくと隣の輪でダンスをしていらっしゃいました。

夏休みには友達二人と旅行もしました。東北の盛岡から宮古、そこから八戸にあるウミネコの繁殖地・蕪島へ。電車はなくバスでしか行けないのですが、民宿で知り合った医学生の車に乗せてもらいそこまでドライブしました。十和田へも行きました。山形県の鶴岡の同級生の家に泊まり、羽黒山の五重塔を見ました。

宮古には「此処より下に家を建てるな」という石碑がありました。何代も前の人達の時代にも大きな津波が来ていたのですね。

作家の吉村昭氏が聞き歩きをして『三陸海岸大津波』という本を出されたことを知っていたので、東日本大震災の時、各県知事の秘書の方に、参考にしてくださいと電話をしました。そのことに応えてきたのは驚きです。

かつて田野畑村では、保健婦の先輩が住民に訴えて、原子力発電所建設をとめたそうです。

保健婦になることについての私の思い

私は看護学校生の時から保健婦になりたいと希望していたのですが、同窓会誌の中で、〝自分は看護婦という仕事から逃げたのでは〟と言っていた人が少なからずいたのには驚いています。

確かに「向いていないのかも」と自分で感じたとしても、保健技術を学びながら努力していれば、そのうちに仕事に愛着もでて、絶対良い職業だと思えるようになると思いますよ。いろんな努力が必要といえますね。

一つには、人間愛、相手への想いやり。二つには、ある程度の時間です。患者さんのもとへ何回も足を運ぶ。面接の時間を作る。相手の心を開かせて、導きの道にのせることができれば、次の段階に進めると思います。

ところが努力の成果が目に見えないのが人間相手の難しさで、あまり自信を持てない気持ちがあらわれてくるのでしょうか。先輩としての指導者が必要でしょうし、仲間同士、お互いの経験を生かし合う必要がでてくるのでしょう。一人で向き合うのですから、覚悟はいりますね。

同窓会誌『潮』

一年間の学生期間に、同窓会誌として本を作ることになっていました。八回生の学生編集者数名、教務の先生方、学院長始め講師の先生方の力添えにて、七十ページの本『潮《うしお》』の誕生となりました。

編集後記には、次のように記されていました。

「年末年始に執筆して下さった講師の先生方、今ややらんかなの意気天をつく同期の諸姉の真心の結晶が、この一冊の本となりました。

新しい物を作る喜びは得がたいものでした。私達編集員一同心からお礼申し上げます。各々分野で活躍が始まり、時が経ち、惰性に流されたり行きづまった時、再びこの『潮』を手にして初心に返って出発していこうではありませんか。」

なんとすばらしい提案でしょう。
編集者等の皆様には、こちらこそ、そのご苦労にやっとお礼ができる状況にいると、
喜んでいるとお思い下さいませ。

子供の頃の夏休みの自由研究で、一人で考えてできる俳句・短歌・詩を文集として
提出できたことが、私の詩作の始まりでした。
『潮』に、私が詩を書き始めた頃のものが残っています。

〝恋〟

我が恋は
うつつ世の想いこそ　実りけり

あの人の心は何処《いづこ》か
思い測ることもせで
我が熱い胸のうちを
ほのかに　かぐわせりや
それだけで、ただそれだけで

『潮』の最後のほうに、〝寮生のあこがれ　読み人知らず〟として、こんな一文が載っていました。

まずトップを飾るのは、何と言っても最初から、どっしりと構えた我等の大黒柱、勝見嬢。ヘアースタイルからお足元迄、どこから見ても、満点のママさん。

あ、ら、ら、ら、ら、なんですって!! 勝見嬢って、私ですよね。びっくりいたしました。（※私の旧姓は勝見です）

二十五歳の若さで独身でしたよ。社会経験が多かったほうでしたので、教務の方が決めて下さっていて、看護学校の時も、やはり寮長をしていました。

皆、若く仲良しで、寮生活は自由で楽しいものでした。入寮祝いの時には、駒村先生はバイオリンをひいて下さり、私は岸洋子さんの歌、「恋心」を熱唱したのを憶えています。

保健婦学校での一年間の短歌メモより

春の親ぼく旅行より（伊豆《いず》大島）
　煙立つ　伊豆の大島後《あと》にして
　　波わけ進む　乙女らの唱《うた》

稲毛の松林の中の古風な大屋敷から、幕張の海の側に建つカマボコ壁のモダンな寮へ
　新しきたたみの香り　深く吸い
　　木立の中の古きをなつかしむ

テストの数日前
夜ふけまで　将来の語りつきぬ友
現実のかべにあたりて　空にはばたくのか

テストの教室でクリニック夜勤バイトの次の日
顔面《かお》あげて　前をにらみて講義聞くも
いつか舟こぐ　看取りの次の日

学生実習の次の日
先生と呼ばれて恥《は》ずかし街角で
肩をならべる　かわいい顔達

保健婦としての活動と千葉県詩人クラブ

保健婦としての職場は、千葉県庁の出張機関である保健所を選びました。最初の勤務先は木更津保健所で、二年間働きました（昭和四十四年四月〜四十六年九月）。

木更津保健所の所長は和田元震医師で、千葉県詩人クラブの創始者の一人です。この詩人クラブの会員は千葉県庁の人ばかりだったようです。

千葉県詩人クラブは昭和三十五年に設立し、翌年『千葉詩人』が創刊されました。このクラブの参加を、所長より声をかけられたのですが、きっと『潮』をごらんになってだと思います。所長が職場にいらして『千葉詩人』の集会の期日を教えて下さったので、忘れずに少しずつ書いていたものを出せたと思います。

集会には数回参加しました。そのうち一回は詩展、一回は詩劇で、いきなり村娘役を振られましたが、上手とほめられました。

千葉市花園に十年住んでいた独身の時代に書いた詩は、二十点くらいです。その間、数回転勤がありました。『千葉詩人』に作品も出さなくなりました。

昭和五十三年に結婚しました。

昭和六十年に千葉県職員文化祭の「詩の部」に参加したところ、思いがけず優秀賞をいただくことができました。審査員は千葉県詩人クラブの先輩でもある、千葉県議会議長の鈴木勝氏でした。優秀賞をいただいたのは「吾子《あこ》誕生」という詩です。

「吾子誕生」

初声《うぶごえ》の大きいこと

泣き顔のしかめっつらなこと

それに合わせて動かしている
手足の元気良さ
あーー生まれた！　四十週の間
窮屈《きゅうくつ》に過《す》ごしていたからって
ずいぶん張り切って
その分を取り返そうとしているの？

母はほっとして
大きな溜息をついて
胸を撫《な》で下《お》ろして
急に凹《へこ》んだお腹を摩《さす》っている。

あーー吾子だ男の児３３９０g
涙が頬《ほお》を流れていった。
力を出しきった産婦《はは》と新生児《こ》は
ぐっすり　ひと休みの時間《とき》を作る。

鈴木氏の評は、「全体的によく整理されていて、簡潔にリアルに無駄なくまとめている。読後にリズムが残っていて好篇《こうへん》。」というものでした。

ここにきて、『千葉詩人』の先輩とご縁があるとは、本当にうれしかったです。

二番目の勤務先は千葉中央保健所で、一年一か月勤めました。

成田空港闘争の救護《きゅうご》に行った時は現場に川上紀一千葉県副知事がいらっしゃってびっくりしました。収用委員会の人達と反対派の人達の闘争を、私達三名の保健婦は見ていただけですが、周りの人達は、保健婦が皆、若い女性なので大丈夫かと心配してくださいました。三日間の闘争で鉄塔が倒れた次の日、反対派の方々が拘束されました。

その次は千葉県立看護専門学院に転勤することになりました。いろいろな事情で人が不足したための急な人事で、二年間の勤務でした。

私は進学コースを受け持ちました。周りの教員の人達に教わりながら、自分が通ってきた道を思い返して一生懸命教えました。二十名の学生はよくついてきてくれ、卒業の時は「わが師の恩」と歌ってくれました。同窓会には今でも呼んでくれます。昨年も開催が予定されていましたが、コロナのために実現できなくて残念です。

四番目の勤務先は、船橋保健所です。保健婦十名のにぎやかな職場でした。精神病院の先生方と協力し、徒歩や自転車で家庭訪問をがんばりました。ここでは五年間勤務しました。

当時は独身で時間の都合もつけやすかったこともあり、看護協会の仕事を役員のかわりにいろいろと協力しました。そのおかげで、日本武道館で開催された看護協会の世界大会に、五日間参加することができました。隣の席に座っていた三名のフランス人と仲良くなり、浅草を案内したり、羽田空港まで見送りに行ったりしました。成田空港からヨーロッパ旅行へ行った際には、彼女らの病院見学をし、フランス・イギリス・ドイツ・オーストリア・イタリア・バチカン市国へも足を延ばすことができました。ルーブル美術館へは待ち合わせも含めて五回行けました。

余談ですが、パリへは新婚旅行でも行きました。

五番目の勤務地は柏保健所で、四年間おりましたが、出産のため二回もお休みをとりました。実家の父母に子供を預けたため、戸塚から柏まで電車で通勤となり、今思ってもすごいことで大変だったし、よくがんばれたと思います。

皆の協力がありましたが、女性への社会の協力は現在ではよくなったとは言いますが、どうなのでしょうか。

その後、産休を経て、佐倉保健所成田支所に異動しました。主任保健婦の私ともう二名の三名態勢でしたが、そのうち一名はまもなく産休に入ってしまいました。

私は産休明けで、三歳の長男、生後三か月の長女を保育園へ預けていましたが、朝の時差出勤も夕方の早帰りも認められていませんでした。事務所に誰かが訪ねてきた時、保健婦が不在だと困ると言われ、昼休みも事務所に詰め、本所も忙しいので、健康診断などの行事がある時にだけ、増員をお願いしてどうにか過ぎていきました。

最後は佐倉保健所です。ここは車で四十分の通勤でした。

長女が小学一年生の夏休みに、私は体の不調を理由に、仕事を辞めることにしました。総務課長から「辞めませんよね」と聞かれはじめ、婦長などの役職についたらすぐには辞められないので、早めに辞めることにしたのです。

保健所の仕事は辞めましたが、住《すま》いの建設、子供の養育、近辺の市町村からの要請もあって、完全に辞めることにはなりませんでした。寺に嫁いだことで寺庭婦人として浄土宗での役目もありますので、夫や檀家のご婦人達にいろいろなことを聞いて勤めています。

保健師は哲学を持つべきだと言われて、『真善美』は私の哲学の教えとなりました。仏教のいわれでもあるというので、この『真善美』は、書道でも練習して、今では額に入れて座敷に飾ってあります。

いろいろな方々にお会いするなかで、保健師としての役割はいつも感じられますので、できる限りのことはしたいと思っています。

生かされている命をよりよく守っていくには、自分のことがわかると同時に皆様のこともよくわかりますので、保健師の力はどこにいても必要ですから、活用していけるのをありがたく思っています。一日一日を健康にて充実できる今に感謝するばかりです。

印旛郡の医療事情など

私が千葉に来た年、夫の実家の寺はかやぶき屋根を改修し、その当時はやりの赤いトタン屋根にしました。

夫の父は、戦後シベリアから帰ってきて村役場に勤め、村役場の衛生課長をしていました。役場は人材不足の保健所と仕事の協力関係があり、保健所の看護婦、保健婦が町へ出張して予防注射、健康相談にと動いていたので、私の上司は夫の父のことはよく知っていたそうです。私と夫との間に結婚の話があった時に、上司がその話をしてくれたので知り、驚きました。

印旛村の村長さんが印旛郡の医療をよくしたいと願い、自分達の山の中の土地の人達の協力を得て、日本医科大学（日医大）付属千葉北総病院や順天堂大学の設立がされました。

日本医科大学千葉北総病院は、ドクターヘリ事業も導入されていました。後にテレビドラマのロケ地にもなりました。最初に日医大の看護学校ができたことには驚き、うれしい出来事の始まりでした。印旛郡市町村の保健婦を含む会議にも参加しましたが、あっという間に町村合併で印西市となり、大学や会社をはじめいろいろな企業、店、そして住宅が次々と建ち、日本で一番人口も動いており、すてきな街となりました。

羽田、成田とつながっていて、百人体制の児童相談所の話も進んでおり、私の地元も若い町長と議員さんも協力して動いてくださり、発展していきそうでうれしいです。

第二子の誕生

私は三十六歳の時、浄土宗浄正寺に嫁しました。夫の上原信道は住職でした。保健師の先輩が、「辰巳だからあなたと相性がいい」と、紹介してくれたのです。児童相談所の相談員でもあり、同じ県の職員という立場だったので、すんなりと結婚がまとまりました。

浄正寺は、江戸時代に利根川を利用して、いかだで材木を運んで建てられたそうです。朝夕、お経を唱えているのを聞くと、守られている感じがしました。

第一子は、昭和五十四年三十七歳の時に誕生しました。高年齢初産だったため、病院など選びました。実家の近くの、有名な北里大学病院で無痛分娩をお願いし、妊娠中も問題なく過ごせました。

　出産予定日が決まっていて、当日は朝から夕方にかけて陣痛が徐々に来て、痛みが激しくて大変苦しみました。普通の状態で出産はできたと憶えています。

　二回目の妊娠は翌年でしたが、この時は流産してしまいました。しかし、次の妊娠もしてよいと言われ、昭和五十七年に三回目の妊娠をしました。まもなく正月を迎えるという十二月二十八日の明け方、四十一歳の今度は二人目だからと不安もなく、明け方目がさめて年賀状を書いていたところ、くしゃみが出て、その勢いで破水をしたようでした。すぐ弟に連絡して車を出してもらい、目指すは北里大学病院……。

　陣痛は少しずつゆっくり来たので助かりました。病院の分娩室《ぶんべんしつ》に運ばれ、医師もその他のスタッフも準備万端です。

「はい、強くいきんで下さい」の声がかかり、一回二回三回、四回五回といきみました。やがてやさしいかわいい「おぎゃ〜おぎゃ〜おぎゃ〜」の泣き声が。「女の子ですよ」との先生の声が聞こえ、「ありがとうございました」と答えると、体中の力がすっかり抜けていきました。

女の子でよかったと思いながら、少し休んでいたら元気が出たので、出産後二時間くらいでシャワーをあびました。

女の子は黒髪がふさふさでした。小筆を二本作りました。

子供の成長記

私は健康だし三人目の子供が欲しいと思っていましたが、夫は高齢出産を心配して、二人で良いと言っていました。私としては残念な気持ちもありましたが、仕方がないと思います。普通のことと思うことにしました。

〈長男〉　〇歳児《ゼロさいじ》保育（乳児保育）を初めて導入した保育園へ六年間通園

保育園の乳児が我が子を加えて三人になったので保育園児として初めて乳児を見られました。

五歳までに肺炎五回（七か月の時、日赤に私とベッドを共にし入院。五歳の時からスイミングを十年。その後、高校まで皆勤賞十二年間。中学生の時、部活ができなかったので、高校の時サッカー部に入部。マラソンも強くなりました。

東京の伝通院で十五年間修業をして、現在、父のあとを継ぎ、浄土宗浄正寺の住職をしています。父親に助けられながら、芝の増上寺の雅楽を学んでいます。

〈長女〉　保育園　〇歳児より六年間通園

病気をすることなく元気に育ちました。ピアノ、モダンバレエを習い、発表会は楽しそうでした。服飾関係の大学を卒業し、銀座の店舗で働き店長も務めましたが、保育士になりたいと、専門学校に二年間通いました。ピアノ実技の練習は私が見ました。保育士の資格を取り、近くの保育園に数年務めた後、東京へ出て一人立ちしました。今は私の助けになりがんばってくれています。私の妹、そして夫との連絡などに娘がいてくれて助かっています。

娘にとってはいとこにあたる、夫の妹の二人の子供たち（男の子と女の子）は年も近く、小さい頃から会っていたので姉妹のように仲良しで、ありがたいことです。

現在の医療事情と私自身のこと

平成二十八年年一月十六日。東京で風邪が流行っていて、娘を通じて私もうつったようで、その日の朝、三十九度の熱が出て玄関で動けなくてなってしまいました。成田病院へ運ばれ入院することになりました。

三カ月半寝たきりで、ひざ痛で注射、三日に一度の点滴、酸素吸入などを受けました。背骨の疲労骨折で一カ月くらいリハビリをし、一時帰宅の時は玄関まで車いすを使い、夫に車で迎えにきてもらいました。

自分で乳がんを見つけ、日医大へ転院することになりました。まだがん細胞は小さかったので、その部分だけ切除し、その後五週間のレントゲン照射、女性ホルモンの服用で済んだのでした。

私の入院中に、妹が大腸がんで亡くなりました。我慢強い人で、お正月にお見舞いにいったところでした。

私は一年後の検査で腹腔内に腫瘍ができていたことがわかり、十日後に摘出手術を行いました。この時も腫瘍は全部切除できたので術後の治療はする必要はなく、自宅で傷薬を自分でつけて撫でさすっていました。ゆっくり休養でき、自分でがんを見つけられて、本当によかったと思いました。

私が入院している間に、家族が家のリフォームをしてくれていました。畳替え、台所・トイレの改修、壁紙・障子の張替えのほか、電器用品の買い揃えなどもしてくれていて、感謝しています。

この頃、テレビで市川海老蔵さん（当時）の奥さんが乳がんでくるしんでいることが報道されていて、子供さん達の成長している様子を、涙を流して見ていました。

令和三年六月の一回目のコロナワクチン接種のあと、起床時にベッドに座ると身体が右へ少し傾くので日医大脳外科で受診したところ、脳梗塞《のうこうそく》ということで、急遽入院しました。

左の手が少ししびれるのと左目の視界が少し欠損すること、歩行が少しふらつくことから、入院から二週間後、リハビリをするために提携している印西総合病院という新しい病院に転院することになりました。日医大よりリハビリの体制がしっかりしているということでした。

印西総合病院では、患者それぞれの担当理学療法士が中心になり、一日に三回、その人に合った訓練を続け、患者自身も病室に帰って復習し練習します。私のいた五病棟では、看護師さんが「看護の先輩」と、私を立てて下さり、看護師さんもリハビリをしている患者も、同じリハビリの仲間、応援団として「いってらっしゃい」「おかえりなさい」「おつかれさま」「上手になったね」と声をかけあい、助けあうことができました。私は応援団長だったので大忙しでした。

おかげさまで十月二十七日に退院しました。最初は要介護2でしたが、週二回のデイケアに私のがんばりもあり、三月には要介護1になり、歩行や入浴、洗濯など自分のことはどうにかできるようになりました。さらに認知症予防のために、私の歩んだ道を書いてまとめることにしました（それが本書です）。

コロナが世界中に拡がり、終わりが見えない状況にこんなにも悩まされるとは。先が見えないと、誰もが思っていることだと思います。

医師や医療従事者、とくに私の後輩でもある病院の看護師や保健所の保健師の皆様が、今どんな仕事をしているのか。ご苦労がよくわかりますし、かわりができない仕事の内容も見えています。

私もエイズが騒がれ出した時は保健師として採血をし、集団中毒では地域の家庭訪問、台風のあとはチームを作りその地区の状況を把握することなど、いろいろな非常事態に対応してきました。今回のコロナ禍では、世間も注目する大変な中、後輩達はよくがんばっていると心から応援しています。私達もがんばる力をもらえています。

街の中はマスクをして誰だかわからない人々が、皆早足で、いそいで用事をすませて去っていきます。なごやかな雰囲気が見えない今の状態に、子供達も思うように動けないでいますが、心身ともに何か不調があれば健康相談を早めに受けてほしいです。自分のことは自分でないとわかりませんので、自分のことを大事にして、皆で協力して生きてほしいと願っています。

今の私

令和四年十月九日午後八時頃、娘の未和子《みわこ》から電話がありました。私を旅行に連れて行きたいと、ガイドブックを買って計画も立てていて、熱心に誘ってくれました。私は嬉しいけれど今の状態では行けない、来年になれば……などと返事をしていましたが、途中から娘が「お母さん、言葉がはっきりしない。呂律が回ってないよ」と私の異変に気づき、東京から千葉の家に帰ってきました。救急車を呼び、車の中で救急隊員の方に経過を話しました。そして、今、印西総合病院のデイケアに行っていることと、テレビでコロナ解説などもしている国際医療福祉大学の松本先生の教え子の理学療法士さんに、国際医療福祉大学成田病院でリハビリを受けていることなどを話しました。日医大の脳外科の先生は手術中だったのですが、当直の整形外科の先生の指示があり、国際医療福祉大学成田病院に連絡して受け入れてもらい、十月十日に入院することになりました。

医療福祉大学は多くの附属病院があり、大きな病院である成田病院は成田三里塚にあります。開設されて間もない新しい病院で、地上八階建て、外来の診察室も病室もホテルのようにはきれいです。リハビリ室も大きく、足の圧迫ソックスをはじめ、すべてが新しい機械。成田空港からも近く、いい病院ができました。

一日に三人の方が対応し点滴をすませ、病院のソーシャルワーカーと話がつき、印西総合病院に。二回目の脳梗塞でしたが身体の麻痺もなく、今回は呂律が回らないことが中心となりました。早く治療、リハビリを進めることができたので、十分はっきり言葉が話せるようになってきました。

二回目の印西総合病院

また来てしまいました。

しばらくは慣れませんでしたが、一年前から知っている方にどんどん会えて落ち着いてきました。先生も同じだし、患者さんもだいぶよくなった状態で会えて、リハビリの方にもよくしていただきました。

呂律が回らなくなったほかは変わりなく、足腰のリハビリにも慣れ、以前の状態に早く戻れました。日医大より入れ歯をもらってきたので、早口言葉を言ってみたり、部屋に人がいない時は大きな声で歌を歌い続けたりしました。

ところがある日、突然状況が変わりました。新型コロナウイルスの流行に病棟が巻き込まれてしまいました。同室にコロナ患者が出たことで、私自身は陰性でしたが濃厚接触者となったのです。部屋を移され、私は杖で自立できている状態だったのですが、退院できなくなりました。

夫のこと、家のこと、妹のことも心配でしたが、どうすることもできず、廊下の隅っこで日光浴をする場所を作って過ごしていました。

十二月十四日、ようやく退院ということになり、日光浴をしていた場所で最後の壁での腕立て伏せをしました。この時の喜びは言葉に尽くせません。担当の先生、リハビリの先生、看護師さん、ソーシャルワーカーの方など、皆様のおかげで、感謝しています。

退院後は、病院のデイケアに送迎付きで通うことができて、同じ利用者の皆様やドライバーの方々も喜んでくださいました。デイケアでは、ぬり絵のコンテストで入選し、麻雀の仲間もできました。クリスマス会もありました。

ひとり歩きもだいぶ上手になり、入浴なども自立でき、洗濯、食器の洗い物もがんばれています。

人生百年といわれる今、主人の母が八月四日に老衰のため、百三歳で静かに亡くなりました。近所にも同じように高齢の方が何人かいらっしゃいますので、私もしっかり、がんばって精一杯生き抜こうと思っています。

出会いの不思議

母が長崎大学病院にいる時、東京大学から長崎大学に進み、のちにドイツ留学されたある医師の先生は、私の夫の父が浄土宗の僧侶になるために修行した寺の出身でした。そのことを教えて下さった方の百回忌に家族で呼ばれた時に、その先生の長女の方にお会いできました。九州大学の解剖学の先生で、その方の六十歳の記念誌が父宛てに送られて家にあることを見つけ、それを読むと、その方は私が看護学校の学生の時の解剖学の先生だった大野先生の同僚でした。

夫のいとこが三重県松阪市の寺に新築祝いに行ったら、京都の佛教大学の親友の人が来ていたそうです。残って話をしていたら、その方は九州出身で私の高校の先輩でもあり、奥さんも先輩だとわかりました。数年後、その人の弟さんは私と同期ということもわかり、母のいとこの私と同じ年の夫を含めて村会議員の仲間でシンガポールにも行ったというお付き合いをしていたそうでびっくりしました。

私の母が東京に住んでいましたが、自宅近くの往診してくださる先生は、長崎大学学長のお子さんの後輩である東大の先生で、母を看てくださり、看取ってくださいました。母もとても幸せだったと思います。

第二章　私の詩の世界

四《よ》つ葉《ば》のクローバー

小さな丸っこい、白い花の咲く白つめ草
クローバーリーフの群れを見つけて、
草原にひざまずく。
重なり合う葉を指先でよりわけながら
視《み》つめて、見つける　見つける。
見つける無心な姿は、
神への祈りにも似ている。
幸せをもたらす　四《よ》つ葉《ば》を
四つ葉のクローバーの葉を見つけて、

押し葉にしてそっと手元におけば
幸せがどこからかやって来てくれる。
幸せは何かを感じはじめて
いつもどこかでとまってしまう思いの
その向こうまで連れていってくれると
信じて願っているからでしょうか。
首飾りにして、王冠にして、指輪《ゆびわ》にも。
少女の夢はとめどない。

希望

小さな、小さな、私の夢が、
大きく、大きく、ふくらむ時は
うれしい　笑顔がうかびます。

大きな、大きな、私の夢が、
小さく、小さく、しぼむ時も
ちょっぴり、笑顔がうかびます。

小さな、大きな、私の夢は

つぎから　つぎへと　うまれてくるので
うれしくて　楽しみの日々がきます。

ピアノのけんばんをつなげてひけるように
コーラスの声の流れがスムーズになるように
からだの奥深いところから湧《わ》き上がって
くるものがきっとあるでしょう。

そよ風よ

めぐりくる春に
あなたをみつけて
思い出される初恋。

わたしのそばを通りすぎる時、
必ずを合図をしてくれる。

ほほをなで

髪をつまんで
プリーツスカートをつまんで
ふわりとなびかせて、

胸のときめきを
めくるめく春に、
思い出させる。
あなた。

どうしたの

みんなうなずいていた。
そう、そうよ、そうね。
急に聞こえて眼裏にやきついた
真剣《しんけん》に話していたのは
このわたしだったのかしら。
何をそんなに　さて何を
それほどまでも　自分自身を
ふるいたたせていたのかしら。
このわたしがどうしてかわからなくなったのね。

あれ、なんだか中途半端に
話をとめてしまったのかしら。
急いでまわりを見まわして
不思議な顔が見えないのは
どうしたの。
とりつくろう　私がいるだけ。
私には長い瞬間《しゅんかん》だった
「そうね」　つぶやいていたわたし。

カモメのジョナサン

映画をみました。
〝ジョナサン〟
〝かもめのジョナサン〟
楽しそうにたくましく飛んでいましたね。
あなたは真の若者
生きることの確かさを求め続けている。
常に始まりを見つけ
より高く、より速くより巧妙に
理想を追い求めてゆるぎない。

ひとりになって悲しくとも
決して孤独ではないと
断言できるたくましさ
心の奥深く秘めるものを確かめながら
手ごたえあるものとして
生き続ける時、誰でもただひとり
ジョナサンあなたは悩める若者
悩める喜びを持ち続けている
始まりはいつであっても生きることの意味を
叫びつづけ睨みつづけ　一歩ずつ足を運ぶ
ひとりきりの強さだ　皆がんばっている。飛びつづけよう。
向かい会う仲間はつくられる。

朝の海

都会のビル街を通《とお》して
ビルの谷間の向こう側に
朝の陽を精一杯に受けて
きらきら輝くもの。
わずかに見える海。
その朝の海だけが
私の目の中にいっぱいひろがって
ダイヤモンドのようにすばらしい。
希望に満《み》ちあふれて

目覚めの朝でありなさいって
私に呼びかけている。
その向こうに
同じように輝いている
小さな富士山が
ちょっぴり見えるところが
また一段と美しすぎる。
すばらしい景色です。

夕陽

水平線に近く
大きな深紅の夕陽に出会いました
煌々とはいえないかもしれません
物憂げな様子で
どっしり　ゆっくり　動いています
なのに
私の胸にずっしり響きます
じっと目を離さずにいると
深紅の中に　吸いこまれてしまいそうです

我を忘れたひととき
そして
現実の私が
痛いほどに感じられます
真に海の夕陽は
物憂げでも
とろとろと燃え続けていました

装う海

太陽の光を存分に受けて
砂漠は白銀色にきらめきながら
人々を呼び集めるのだ。
鮮《あざや》かなパラソル、水着の
水玉模様に彩《いろど》られ
スポットライトを浴びた浜辺は
空の色を映し取った舞台に
人をヨットをゆったり浮かべる。
モデル達が舞台をおりると

ゆらめく夕陽の衣裳を
次々に取かえて
日輪をそのままに
ゆっくり飲み込んでしまう。
誰もいない暗い真夜中
レースの裾《すそ》模様《もよう》を引いて
一日の終りを
静かに楽しむ者。

青い空

コバルト色の広がりに
どこまでも果てしないコバルトの青に
見開かれる目　空気が伝わり
澄みわたった
冬の朝のように
身はひき締《し》まり
宇宙の点　わたしは
さらに小さくなる
朝の光が輝きを増して

さわやかなかすかな温《ぬく》もりに
安らかさを求めてわたし
すこしずつふくらむ胸
コバルトに抱かれて
希望がわきくる
このひとときに
描ききれない程の広い空
一人で草原にあおむけにねころんでいるわたし

緑《みどり》の五月

若者が踊りだした
五月の朝もやは　大地を抜けて
明かるい日射しのまぶしさに
葉脈のひとすじさえも
透《す》き通《とお》された仲間らの
目覚《めざ》めの音
親《した》しき者らの朝のあいさつ
さわさわ動いている。さわさわと、
青い葉の群れにたわむれ

青い広い空に身をまかせて
精一杯伸びをして
歌い笑い語り合う
踊りだした若者らの語らいは
続くばかり
決してやめることはしない
緑の中に踊りだす

六月　私の誕生月

草原のうすみどりに
樹々の新緑に包まれていたとき
梅雨の間に　晴れた空は青かった
そっと手を触れた
たんぽぽの白い妖精たちは
飛んでいってしまった。
短いこのひとときに
精一杯の光を受けて
真珠とみまごうように

輝きながら天へと昇って行きます
六月の花嫁は外国では幸せになれるというのは
どうしてなのかしら
指輪や首かざりになる真珠は
海の中で年月をかけて
とても清らかに美しく育てられるからでしょうか
花嫁さんに贈られる真珠のように
美しくあって欲しいとの望みなのでしょうか

恵み

誰もいない部屋に、
歌声が聞こえることもある。

遠いところから届いてくるような、
かすかなやさしい声は
心地良くわたしの心の奥底に
溶けこんでしまう
破鐘《われがね》の強い音が
打ち続いて聞こえてくると

生命のいぶきが芽を出して
その重々しさに身ぶるいする。
わたしのなかに
二つの物が　かくされている。

サラダの歌

新鮮なキャベツとレタス
真白にゆであげたポテト
赤いにんじん、トマトそして卵マヨネーズ
サラダサラダサラダサラダ　歌が聞こえてくる
なんて素敵《すてき》なコーラス

幼い日の食卓にも
青春の食卓にも
大好きな家族達の食卓にも

いつも想い出一杯のサラダを飾ろう食べよう
なつかしさ楽しさがひろがって
豊かな人生を呼びおこしてくれる
コーラスがきこえてきましょうか

強風、嵐

強風は失恋かと
あなたはなんて強いお方も
木の葉も、記憶も、意識もまきあげて
遠くへ運んでしまう
わたしの目の中にも、口の中にも
なんのおかまいもなしに
わたしは、じっと目を閉じている
それなのに心の中にまで
入り込んでくるのですね

そしてそのうちに
流れ出してくる涙《なみだ》と一緒に
あなたは逃げていってしまう
あっという間にどこかへ
逃げていってしまうのね
わたしは途方に暮れてひとりで
ワイングラスに赤いワインをそそぎ
飲《の》みほしてしまいました。
あーーう〜おいしい‼　と叫んで
赤いワインは甘くてせつないものなのでした。

月（大阪万博の月の石をみる）

息づいているものは　何もなかった。
花も　虫も　何物も
私達が古い昔から夢みていたもの
かぐや姫の世界
もちつくうさぎの世界
どこまでも深い星空の中
まろやかな満月の
黄色い大きな　宝物
オアシスを求めた地球人

月（大阪万博の月の石をみる）

地球だけが　青かった。
今住んでいる　地球は
宇宙のオアシスであった
私達に知らせてくれたのは
宇宙飛行士だったのか
高い高い代償で宝物がわかったのか
いえいえ人類の英知《えいち》のたまもの。
私達が生きているどこの時点で
どこまで知ることが　できるのか？
待ち遠しいことである。

春の祈り

百八の除夜の鐘を全部聞きました。
三十八番目の鐘は、
私の手による祈りの鐘です。
都会からほんの少し離れた里の寺に
皆は思い思いに集ってきて
一つずつていねいに打つのです。
冷たい手は境内のたき火で暖めます。
火の源《もと》の卒塔婆は、
多くの人々に見守られて

天へ昇って行くのです。
空はとても高く青く澄み渡り
星々は総出で仲間を迎えます。
鐘の音に聞き耳をたて、さんざめきつつ
歓迎のワルツを踊っています。
新しい年への祈りを
祈りをこめた　言《こと》の葉《は》を
あふれる程に聞いてしまった星々は
決して忘れはしないと誓って
生《い》き生《い》きと輝いてしまうのです。

青春に迸《はとばし》るもの

測り知れない事々が余りに多くて
涙なんか流していられない
ただ驚いて口をつぐむ時は過ぎていってしまった
大きく開いた口
怒れることばを告げる時がきた
正しい流れを求めて歩く人生に
しっかり背を伸ばして
視つめ合い語り合うその中で
さがし出され

整われていくものを
待っているのだ

おそれることはない
前向きに進む道に
目印などなくとも
歩調の正しさに
未来の道は扉を開いて
栄光へと続いている

過去からそして未来へ

この地に　小学校があった
この土地は　浄正寺の境内地である
寺は江戸時代の初期に江戸より移転してきた
寺子屋が続いていたことから
明治初期に　小学校として発足した
百三十年を数える
寺の庫裏《くり》を　校舎として始まり
次に一部屋の教室　そして次は三教室
昭和三十年　新校舎ができた

寺の山門は　校門として慕《した》われてきた
なつかしの学《まな》び舎《や》
今までに多くの子供達が多くの師達と共に育ち
巣だっていった
にぎやかな　かわいい声はもう聞こえないが
想い出は走馬燈のように静かに流れゆき
風の音とともに
読経《どきょう》の響きとともに
浄正寺は　永遠《とわ》に　佇《たたず》み続ける
この地に　小学校は　確かにあったのだ

さいごに

二〇二二年の四月二十八日に、毎日新聞に「第5回人生十人十色～これがワタシの人生だ～」が載っていて気になっていました。昨年、八十歳になり、病気になったりしたこともあり、まあ少し自分の人生を書き残しておこうかというくらいの気持ちで、原稿を書き始めました。途中で、「でも私より母の人生についてのほうがよいかな？」と思ったりしましたが、やっぱりわたしの人生を書くことにしました。

自分が残してきたもの、私自身の生きざまなら、さらっと書けるのではないかと思っていましたが、実際に書き始めるとなかなか大変な作業でした。でも、やっぱり自分のことでよかったと、今では思っています。

自分のためになることが不思議とたくさんあらわれてきて、この先の人生、私の生きる道として考えながら、楽しく生きていく道しるべになりそうで、よかったと、見直しているところです。

自分の体のことも考えて、無理なくできるように努力して、ようやくここまできました。ほんとうに、私自身に対して、おつかれさまでしたと言わせていただきます。

ありがとうございました。

著者プロフィール
上原 浩子（うえはら ひろこ）
昭和16年6月19日、東京都生まれ。佐賀県唐津市育ち。
唐津東高等学校卒業。看護婦資格、保健婦資格、養護教諭免許取得。
千葉県詩人クラブ所属。（昭和60年　千葉県職員文化祭にて「優秀賞」受賞）

私の歩いてきた道

2023年5月15日　初版第1刷発行

著　者　上原 浩子
発行者　瓜谷 綱延
発行所　株式会社文芸社
〒160-0022　東京都新宿区新宿1－10－1
電話　03-5369-3060（代表）
03-5369-2299（販売）

印刷所　図書印刷株式会社

ISBN978-4-286-27076-0